거미울 고개

거미울 고개

거미울 꼬개

류근삼 시집

삶이 보이는 창

조선 명종 조에 의적으로 회자되던 임꺽정 두령이 황해도 구월산에 산채를 꾸리고 가끔 가렴주구들의 봉물을 털었다는 거미울 고개, 일명 수래너미에서 우리의 딸 효순이, 미선이가 무지막지 미군 궤도차량에 무참히 살해되었습니다.

그후 서울 시청 앞 광장과 전국 각지에서 어린 딸들의 처참한 죽음에 항의하면서 한국과 미국의 불평등 조약인 소파를 개정해야 된다는 목소리가 터져나왔습니다. 우리의 사랑스런 딸들을 살려내라는 함성과 함께 수십만 개의 촛불을 들고 주한미군의 만행을 규탄하였습니다. 비로소 반미의 거대한 물줄기가 용솟음치며 솟아올라 온 것입니다. 이 땅에 미군의 존재가 과연 어떤 의미를 갖는지 반세기에 걸쳐 우리 민족의 삶의 질을 어떻게 번화시키고 왜곡하였는지 이번 사건을 통해 많은 것을 간파하였습니다.

주한미군들은 몇 백의 기지와 수천만 평의 우리 땅을 깔고 앉아 주둔 비용마저 우리의 세금으로 부담케 하고 심지어는 일백만 평이 넘는 용산 기지를 반세기가 넘도록 무단으로 점령하며 이 땅의 주인 행세를 했습니다. 그런데도 이 땅의 기득권 세력들은 요즈음 그들이 그들의 필요에 의해 오산이나 평택 쪽으로 자리를 좀 바꾸어 앉으려하자 제발 지금처럼 '앉아 계실 것'을 애걸복걸하고 있는 형국입니다.

거대한 제국 미국에 맞선다는 것, 신자유주의로 표현되고 있는 거대 자본들의 독점현상들에 맞서려는 시도들이 과연 '계란으로 바위를 치는' 어눌한 짓일까요? 효순이, 미선이의 추모행렬 속에 타오르던 수십만 개의 촛불들이 우리들의 미래를 환히 열어젖히는 희망의 불꽃이 되고, 세계 도처에 군림하고 있는 미군의 존재를 부정하는 새로운 시대의 도래를 예고하는 봉화로 타오르리라 믿어 의심치 않습니다. 반외세 자주화란 화두는 이제 우리 삶의 목표일뿐만 아니라 아시아, 아프리카, 중남미를 비롯해 세계 도처에서 신음하고 있는 수십 억 민중의 화두로 자리 매김을 하게 되었습니다. 우리들 또한 우리 민족끼리 똘똘 뭉치기만 하면 아무리 힘센 야만 세력도 극복할 수 있을 거라는 믿음으로 시집의 첫 장을 열까 합니다.

—계미년 초가을날 상산시원에서 류근삼

■글차례

1부

4부

1 부

거미울 고개

효순은 까만 T셔츠에
청바지 입고
미선은 흰색 바지에
빨간 월드컵 응원셔츠 입고
고개 너머 다희네 집 가다가
거미울 고갯길에
차가운 빗돌로 남았네요

오늘은 다희의 생일
내일은 효순의 생일
여남은 명 또래들
축하파티 모두어 하려고
의정부 노래방에 갈 계획이었대요

『심미선 신효순 추모비』

쓸쓸한 수래너미는
온통 하얀 눈밭인데
아직 양키들은 움쩍 않네요
미선아 효순아 어떡하면 좋니?
우리들은 정말 어찌해야 하니?

약속

미선아, 효순아…
효순아, 미선아…

너희들 어디 있니?
어딜 가 보이지 않니?
9월의 뙤약볕 아래
한 떨기 코스모스로 피었니?

누더기로 짓뭉개어진
길 위로 미군 궤도차량들
우릉우릉 피를 머금은 채
오늘도 세상 사람들 모조리
깔아뭉갤 기세로
질주하고 있다

효순아!
미선아!

삼천리강산이 치를 떨고 있다
검은 구름 설레이다 소나기로 퍼붓는다
사랑스런 딸들에게 약속하마

손가락 힘주어 걸고 꼭 약속지키마

뻔뻔스런 양키들
한 놈 남김없이
줄행랑치도록…

금강호에서

금강산 가는 길 눈더미에 막혀
애가 타서 안절부절
옛 북평 묵호가 동해항이라
금강산 갈려고 금강호 타네,

검푸른 동해바다는
출렁출렁
어둠 속에 느긋한데
이젠 금강산 꿈이라도 꿔야 하는가

장전항에 여명이 밝아오고
동해바다에 불끈
아름드리 해님 솟아오르네
파도는 불그스레 음전해지고
밤새워 쿠렁쿠렁 내달린
바다 위엔 한줌 걸림돌도 없어라

이제 장전항에 내리면
보듬을 일만 남았는가
잠을 설친 눈에

금강산이 쓰윽
환하게 안기는 북녘산하!

금강산 까마귀

온정리 지나
만물상 오르는 길
미인송(美人松) 끙끙 눈 덮어쓰고
바위, 하늘, 사람들과
함께 어우러진 금강산 초입에
까마귀 너댓 마리
얼씬 얼씬 공중에 떠서
남녀 사람들에게
까악까악 말 걸어온다

눈 덮인 겨울금강
우뚝우뚝 설봉(雪峰)인데
눈꽃축제 너무나 장관이라
상기된 관광객들을 보고
'느들 까불래
　느들 까불래' 하다가

두어 마리 까악까악
귀담아 들어보니
'느들 안 갈래
　느들 그만 안 갈래'

백 가지 말할 줄 안다는
까마귀 질책(叱責) 들었다

온정리 3

난생 처음으로 어허야
북녘 땅 온정리에 와서
금강산을 바라봅니다

비로봉 정상에 흰눈이 쌓여
하늘과 맞닿았는데
등 굽은 산들이 첩첩으로
어깨동무를 하고
눈밭에 길길이 미인송(美人松) 어우러져
더욱 신비롭습니다

가슴 벅찬 감격으로
넋을 잃고 바라보다가
아름다운 영산(靈山) 그 하늘 아래
하! 복 많이 받은 사람들이
이처럼 갈라져 살아야만 하는지?
가슴 한 구석에서 울컥
뜨거운 것이 올라왔습니다

편지 한 장 마음대로 전할 수 없는
서러움을 달래면서

꿈속처럼 아련한 설봉(雪峰)들을
선 채로 우두커니
올려다볼 뿐입니다

망탕

북녘 사람들이 가장 싫어하고
크게 죄악시하는 행위는
'망탕'이라는데요

망탕이라는 말은
방종의 의미라
망탕으로 뛰노는 것
망탕으로 걷는 것
망탕으로 말하는 것들을
가장 싫어한다고요

망탕은 자유주의라서
이를 가장 죄악시하고
망탕은 제멋대로라
절대로 허락하지 않는다는군요

북녀(北女)

만물상 눈 쌓인 길 오르며
꿈처럼 만나본 북녀야
꾸밈없는 미소
청순하여라

그 말씨 예쁘고
사랑스러워라
얼굴도 고와라

북녀들은 말끝마다
'… 말입니다.'
'… 말입니다.'

아득한 오십년대
유행어를 듣는 듯
그리운 향수 자아내는 처자들아!

다대포에서

다대포에서
〈만경봉—92〉
덩그렇다

남녘동포들
북녘 배를 보러
줄을 잇고

늙수그레한 사내
아코디언 메고
한 맺힌 가락을
구성지게 푼다

남북대화 1
―향산호텔에서

한나절 내내
남녘의 묘향산 탐사객들은
하나같이 상기된 모습으로
국제친선전람관을 둘러보았습니다

점심때가 되어서야
향산호텔로 돌아와
2층 식당에서 점심을 먹었습니다

곱게 한복을 차려입은
북녘의 처녀동무들이
남녘동포들을 맞았습니다
어찌나 상냥하고 예절바른지
농담을 쉬이 할 수가 없어
소주도 한 잔 마시고
룡성맥주도 두어 잔 걸친 뒤
넌지시 말을 걸어 봅니다

'남녘에 돌아가 처녀동무 보고 싶으면 어떡하지요?'

보조개도 예쁘게 웃음을 띠고는

"보고 싶으시면 날래 찾아오시라요."

"처녀동무가 날 보고 싶으면 어떻카나?"

"남녘으로 찾아가면 된다 말입니다."

아차 그랬었구나!
이리 쉬운 일을 여태 몰랐었구나!

남북대화 2

대동강이 훤히 내려다보이는
평양 한복판 남산재 위에
날아갈 듯 아름답게 지어놓은
'인민대학습당'을 참관하였습니다
천연의 흰 화강석으로
아름드리 기둥을 세우고
푸른 기와를 입힌
합각지붕의 건물입니다

"이곳의 연건평이 10만 평입니다. 온 사회의 인테리
화의 중요한 기지이며 전민학습의 전당입니다."

아름다운 강사 동무는
무척 자랑스리운 이조로 설명을 합니다

"이곳 인민대학습당에는 많은 책들이 소장되어 있다
고 들었는데요."

"그렇습니다. 장서 능력은 삼천만 권입니다. 독자들
이 종합도서목록실에서 필요한 도서목록을 찾아 요구
를 하면 봉사일꾼이 신호단추를 눌러 〈관성식 원격운

반장치〉에 의해 해당한 책이 나오게 되어 있습니다."

"장서 이외에는 어떤 시설들이 있습니까?"

"여기에는 열람실들과 강의실, 록음강의실, 통보실,
문답실들을 비롯한 육백여 개의 방이 있습니다."

〈가장 좋은 것은 인민에게〉라는 말이
문득 떠올랐습니다

평양 이야기 1
—평양종

평양의 인민대학습당에는
유서 깊은 〈평양종〉이 있습니다
대동강 물은 유유하게
인민대학습당을 감싸 안고
인민대학습당은
강 건너 주체사상탑을 바라봅니다

인민대학습당으로부터
장중한 종소리 울려 퍼지고
주체사상탑 위에서는
붉은 봉화 불빛이 이글거립니다

안내하는 강사동무에게
평양종 내력을 물어보았습니다

"유서 깊은 옛 〈평양종〉의 특징을 살려서 기음(基
音)을 강하게 여운(餘韻)을 잉잉 끌며 삼화음(三和音)
의 장중한 울림으로 주체조선의 숨결을 전하는 것 같
아 이 종소리를 듣는 사람들에게 깊은 감명을 주는 것
입니다."

"아침 다섯 시와 밤 열두 시에 불멸의 혁명송가를
연주하고 그 나머지 시각에는 종소리로써 시간을 알
려줍니다."

평양의 인민대학습당에는
유서 깊은 〈평양종〉이 있습니다

평양 이야기 2
—푸에블로 호

대동강 기슭에
〈푸에블로 호〉
움쩍 못한다

꽁꽁 묶여
구경꺼리 되어버린
〈푸에블로 호〉!

샤먼 호 불탄 자리에
속절없이 벌 받고 있는
아메리카 첩보선!

즐거운 혼례식

백록담 낭자석
외로워라 오돌돌기
고이 품고 온
장군봉 천지도령과
혼례 올린다

지홍(智泓)선생 주례 서시고
경전(耕田)선생 축사하시고
함께 자리한 지인들
박수갈채다

백두와 한라는
본디 한 몸임으로

말싸움

허름한 대폿집에서
이런 말싸움 들었다

"솔직히 나는 말이야 라덴 형님이 무사하길 바래."

"무슨…! 형님? 야 임마, 빈 라덴이란 놈, 찢어 죽일
놈이야."

"아냐 부시가 더 나빠!"

또 다르게 끼여드는 의견으로
말싸움 걸린다

"우리와 아무 상관도 없는 그런 일로 웬 난리들이
야? 이야깃거리가 그리 없나."

천방지축 날뛰는 부시를 보면
우리에게도 어떤
심각한 상관이 있을 거라는
생각이 들었다

남포로 가는 뱃길

분유상자 가득 싣고
인천항 떠나
남포로 가는 뱃길!
백령도 용기등대 아슴한 불빛
옹진반도 육마항 별빛으로 흘러
알 수 없는 슬픔으로 저려오는
창바우 파도소리여!

휘익, 장산곶 물수리
화들짝 놀라
하늘 높이 날아오르고…

고얀 놈들

몽골리안은 까망머리
앵글로 색슨은 노랑머리
동성로 바닥에 노랑물 들인
잡동사니들 풋득 풋득
그 꼬라지 볼라카이
눈까리 시끄럽다

뭐라카노?
대가리가 노리끼리해야
신세대라카드마는
그렁기 다아 유행 아잉기요

뭐가? 유행이라꼬?
지 할애비 욕뵈는
나라 망칠 잡놈들이지!

에끼 고얀 놈들!

2부

라벨의 '치간'

평양에서 열린
윤이상 음악제에서
마치 오누이처럼 다정하게
눈으로 대화를 하며
남에서 올라간 김현미와
북녘의 피아니스트 김근철은
라벨의 '치간'을
연주하였답니다

겨우 사흘의 바쁜 시간 쪼개어
겨우 세 차례 호흡을 맞춘 것 뿐이라는데
오랜 시간 같이 지내 온
오누이처럼 다정하게
눈으로 대화하며
환상적인 음률을
펼쳤답니다

아! 고운 선율은
가슴과 가슴으로 흘러
산 넘고 바다 건너
꽁꽁 얼어붙은

우리네 가슴으로 흘러왔지요

새봄이 찾아오면
봄바람 불고
우리네 강산에 꽃들 피어나
흐드러진 꽃동산 위에
노랑나비 흰 나비
어우러져 춤출 거예요

남북편지

새해 새날이 밝았구나
사랑하는 내 아들 인영아
너의 편지 받고 답장 쓰면
우리 영이 있는 평양으로
부쳐준다 하니
급해서 무엇을 써야 할지
보고 싶다는 말만
몇 자 전한다

더 늙기 전에 다시 만나
손이라도 꼬옥
잡아 보고 싶구나
사랑하는 내 아들아
남과 북 길이 트여
가고 오는 기쁜 날이
언제 오려느냐

지난 달에
네 누이 하영이가
구순 넘은 어미를 두고
영원히 못 올 머나먼 길

가버리고…

꿈속에라도 한 번 더
보고 싶은
내 아들 인영아 !

※이 글은 비전향 장기수 신인영 선생에게 남쪽 어머니가 보낸 편지
내용을 옮긴 것입니다.

나랑 살아 나랑 살아

—어느 이산가족의 이별노래

'나랑 살아'
'나랑 살아'
늙으신 어머니의 가냘픈 목소리
우릉우릉 폭포소리로 변하여
발길 돌리지 못하겠네

간절한 외마디
나랑 살아 나랑 살아
내 심장 안으로
뜨끈뜨끈 내려가네

큰절 올리고 떠나야 하는
천리 밖 별리(別離)…

눈물바다

엉엉 울고 또 울고
어깨 들썩이면서 흐느끼고
속울음 꺼이꺼이 참고 참아도
우리의 만남은 눈물이었다
갈라진 삶이 너무 허망하여
안타까운 눈물만 흐른다

가슴 속 다 말라 타버리도록
자꾸만 울어 눈물바다 되었나
우리의 헤어짐이 너무 길어
더욱 뜨거운 눈물이라네

지새우며 부둥켜안고
다시는 헤어지지 말자면서
그래도 헤어져야만 하는
사무치는 서러움 흥건히 고인
가슴 속은 눈물바다라네!

장산곶 매

백령도 기암괴석 위에
황해도 장산곶 매들 날아와
오붓오붓 둥지 틀더니
새끼매 조롱조롱…

장산곶 매들, 새끼 매들 모두
남녘북녘 터놓고 날아다닌다

장산곶 매들이
경비정들 씨끈거리는
서해 5도를
마음껏 누비며
사람들아, 사람들아
함께 어울려 살자 하네

통일축구

―2002년

'승부는 일없습니다
만남이 중요하지요'

'남이 이겨도
북이 이겨도
우리는 하나입니다'

'둘이 합쳐 더 큰 하나가 되자' 는
리광근 북녘 단장의
답사를 듣고 있을 때
반도의 단일기 펄럭펄럭
바람에 나부끼고 있다

더 슬픈 이별

'언제 또 다시
만날 수 있겠니?'

'빨리 통일이 되면
다시 만날 수 있겠지요'

이산가족들 너무나 많고
세월은 화살같이
빠르기만 하고…

황해 5도의 노래

황해 5도에는
검은머리 물떼새들의
보금자리 아늑합니다
수많은 새들이
이 섬 저 섬 마음대로
들락날락합니다

새들은 자유롭고
물범들 떼거리로
아무데나 비식이 누워
낮잠을 즐깁니다

황해 5도에는
경계선도
그어져 있지 않고
철조망 같은 거
흔적 하나 없습니다

매향리 여름을 지키다

저어기 빛나는 바다가 보이네
여기 초록내음 물씬 나는 언덕이 있네
물길 풍성한 들녘에
우리들 함께 가꾸어놓은
산해진미 일렁이네

우릉우릉 우당탕…
늘 그래왔듯이 하늘 부서지는 소리
우라질 놈의 미군 전투기 소리
우리 어메 들일하다 엎디어도
가슴 벌떡 귀 멍멍하다네

타타탕 타타르르…
썩을 놈들의 기관총 소리
바다가 빙빙 돈다 집이 흔들린다
서러운 날들 너무 오래 되었다

이젠 거두어라 매향리 어깨 겯고
모두 함께 들썩인다네
가마솥처럼 뜨거운 매향리
바야흐로 우리가 여름 지켜내었다

천태산(天台山) 일기

천태산을 유격훈련하듯
헉헉 밧줄 타고 오르다

저어기 노근리 철길
눈앞에 훤한 걸 보니
천태산 하늘이 바로
노근리 하늘임을 알겠다

노근리 철길 아래
퀭한 굴다리는
반세기를 넘긴 그 난리통에
우리의 순한 백성들
하염없이 널브러진
한 많은 영동땅 아니던가?

솔바람 휘익 돌아드는
천태산 마루는
예나 지금이나 두 눈 부릅뜨고
무엇 하나 빠뜨림 없이
모든 걸 다 보아두는 모양이더라!

철길 위로 우우
소개(疏開)시킨 사람들을 향해
쾌릉 쾅 쾅 폭탄을 쏟아붓고
드르륵 기관총 갈긴 놈들이
바다 건너온 양키들이란 걸

천태산은 껌벅껌벅 졸면서도
모든 걸 훤히
다 알고 있는 모양이더라

달빛

구름 한 점 없이 차가운
동짓달 하늘에
푸른 달빛 찢기어 흩어지다가
강절도 히로뽕사범들 우글거리는
까막소 잡거방 설핏 지나
마침내 콧구멍만한
양심수 독거실에 멎어버렸네

절절한 겨레사랑도
죄가 된다고 가두어놓은
수인의 명상 가슴 속으로
스며드는 달빛이여!

밤새도록
155마일 대치한 포신 위에 헝클어지던
눈물 같은 달빛이여!

지난 시월 말
한양대학교 노천극장 큰 잔치에
한아름 둥실 떠올라
민중대동제 '양심수 없는 나라'

참으로 큰 잔치에
흐느끼며 내리던 달빛이여!

"양심수전원석방"
"국가보안법철폐"
두 주먹 움켜쥐고 외치는
젊은 가슴 위로
폭포처럼 쏟아지는 달빛이여!

앞산에 올라

앞산에 올라
대구 땅을 내려다본다
대구 타워를 찾아
두류동 우리 동네
뿌우연 매연 속에 가물가물
그래도 너무 반갑다

저 아래 A3비행장
록색의 이방지대는
비좁은 도심을 깔고 앉아
내려다보는 사람들 모두
혀를 끌끌 차며
미군부대 땜에
지역발전 말이 아니란다

코 큰 놈들 그늘에서
부대끼는 땅!
움쩍 않는 고얀 놈들
새파란 눈에는
우글거리는 시민들이
얼마나 희떠워 보이겠느냐

이상한 나라

세상에는
대량학살을 한 후에도
인도주의를 내세우는
이상한 나라가 있다

평화라는 말을
제일 많이 쓰면서
죽음의 강철들을
하늘에 날리고
바다를 갈라대는…

3_부

달님이 따라붙네

경부선 열차를 타고
추풍령 넘어가는데
둥근 보름달이
슬그머니 나와
자꾸 따라온다

찬 하늘에서 오돌오돌
미군들 격납고 웅긋웅긋한
경기도 오산까지 줄 줄
이거 참 한강 건너 용산까지
따라붙을 모양이네

소인(小人)이 한거(閑居)하면
불선(不善)을 행(行)한나는네
할 일 많은 땅 위에서
짐짓 어정대다가
덜컥 들켜버린 속마음이라니!

여름하늘

그리던 두메에 와서
여름하늘을 바라봅니다
여름하늘 별빛 속에는
흑백필름 시절들
그리움으로 사무치고요

희뿌연 미리내 별밭에는
애틋한 사연들 소복소복
멍울처럼 담겨있어요

저어기 견우별님 반짝반짝
황홀한 별밭에서
마침내 사랑의 별을 찾았어요
미리내 별님들 웅성웅성
울먹이는 직녀별을 에워싸네요

어둑한 백두대간 하늘은
반도의 별리 되새기다가
가슴 아픈 별빛으로
솔바람으로 불어오네요

후끈한 여름밤에

안개

오구니재 넘어 보은 가는 길
으슬으슬 춘삼월
걸핏하면 안갯길
숲도 들녘도
안개 속에 엎디어
태고적 꿈을 꾸누나

산새야 들새야
어디 어디 숨었나
하나로 엉긴 세상
한 사나흘 이대로
안개세상이면 좋으리!

박장대소

두류공원 한 길 가득
벚꽃들 벙글어
이른 아침부터
박장대소다!

웅성거리는 설레임
환희의 아우성이다

마늘의 분노 1

연둣빛 봄 산은
고즈넉한 그 정경만으로도
언제나 고무적이었지요

아늑하기만 하던
봉양면 문홍리 들녘에서
탐스럽게 자란 마늘밭에
트랙터를 몰아넣어
애써 가꾼 마늘을
마구 갈아엎고 있는데요

마늘 대가리들이
한판 싸움터 시체들처럼
무참하게 널브러지고
타르르릉 트랙터의 굉음은
어떤 시대를 종언하는
마늘의 함성처럼 들립니다

마늘의 분노 2

갈라진 땅 위에
목숨 받은 사람들 다 일어나
마늘밭 갈아엎는
문흥리 들녘을 바라봅니다

마늘농사 짓는 게
이토록 죄가 되는가요
농사 아닌 것들도 거지반
알게 모르게 홀랑
다 앗겨버린 모양인데
누굴 원망해야 할까요

성난 거리에
시커멓게 그을린 농민들이
삶의 불안을 밀어내려고
어깨 걷고 보무도 당당합니다

모두 너무나 형형한
눈빛을 하고

지진의 곡(哭)

도시건물 거의 다 무너져 내린
인도의 부리 옛 시가지
지진 피해지역에는
주검 썩는 냄새 진동하고
창궐하는 전염병의 공포가
산 사람들마저 전율케 하는
재앙을 겪고 있다

작열하던 태양이
머리 숙이면
뼈 속 깊이 파고드는 추위,
집 없는 사람들을 엄습한다

반세기도 전에
우리 반도의 전쟁 때처럼
지옥의 그림자를 연상케 하는
참담한 인생의 모습들이
적나라하게 보인다

백령도 1

지도에는 장산곶 마루가
철조망 한 곳 두른 데 없이
금방 손에 잡힐 듯 하건만
삼팔선 휘익 그어진 서해바다는
괴괴하기 그지없이
찡한 가슴 눈시울 붉히며
백령도로 간다

인천항 연안부두에
구슬픈 뱃고동소리
하룻밤 서울 사는 딸네집 들른 뒤
무엇에 씌운 것처럼 여기와
마누라와 동승으로
서해바다를 항해한다네

물살을 가르는 비말은
내 서러운 눈물 가려주어
북녘땅 강령만의 기린도 창린도
옹진반도 육마항이
우중충한 수평선에 잠기고 말아
힐끗거려봤자 무슨 소용인가

소청도 갯바위
저 산 우뚝하여도
길 잘못들 지 모른다는 낚시꾼들 호들갑에
더럭 겁먹은 마누라 다둑이고
암담한 가슴은 소줏잔만 드리우네

그래도 발길은 앞서는가
어느덧 대청도 갯바위 돌아
옹진군 백령면 용기포에 닻 내린다
우리네 설운 백성들
기웃기웃 살고 있는 백령도에

백령도 5

—용기포에서

문이네 민박집 뜻뜻하니 잠자리에 들고
잔파도에도 선잠 깨는 육십 평생
용기포의 미명을 음미할 요량이다

혹여나 어느 험진 곳에서
못된 총알 핑 날아올까봐
으스스
마누라 구슬러 손 꼭 잡고
어둑한 바닷가를 걷는다

썰물 때는
간이비행장 구실 거뜬하다는
단단한 갯벌을
신혼부부처럼 사분사분
인당수가 지척인 바다는
밤새 출렁거리고 있었다

바로 코 앞 해송군락은
고래처럼 시커매
더럭 겁이 난다

대포소리 한번 들리지 않는
조용한 포구에
어느새 희끗희끗 이른 파도 일고
북녘 어부들 땀 냄새가
어렴풋하다

백령도 6
—길손식당에서

용기포 길손식당에
나그네 두엇 길손되어
암담한 마음을 쉬는데
주인내외 나긋나긋 환대를 하네

관광지 식당이라
공연스레 바가지 쓸까봐
술값 밥값 물어보며
너스레를 떨었지만
이리 구석진 섬마을에서
인심 좋은 사람이라니

우리겨레 속마음이야
언제나 온돌방 훈기처럼
따습은 것, 뉘 모를까

겨울 용기포는
너무나 한산하고
이곳 주소가 인천시 옹진군 진천 5리라
가까운 황해도 옹진군 아닌 사연을
소주 한 잔에 실어볼 동안

빈대떡 두어 개 두리벙벙 구워
잡숴보세요 하며 내놓구려

4 부

새소리 2

—휘파람새

'후이익 쪼르륵 후이익 쪼르륵
쪼옥 쪼르르…'

휘파람새 노래소리
한번 들어보아라
듣는 사람 따라 달리 들린다지

홀아비귀신이 변한 새
홀아비가 들으면

'호올딱 호올딱 벗고 자자
호올딱 벗고 자자 호호 호르륵'

그놈 노래 듣고
고약한 소리 듣고
과부 얼굴 벌개지는
이유 알것다

'호호 호올애비 조오옷
호올애비 조오옷
쪽쪼그르 조오옷…'

오동꽃 소묘 1

두류공원 도서관 앞에
키 큰 오동나무
아침마다 훌훌 오동꽃 흘린다
청소아주머니는 쓰레기처럼
오동꽃을 말끔히 쓸고 있다

보랏빛 초롱으로
가지마다 향기롭다가
언뜻 뜻을 세우고는
여한 없이 용감하게
성큼 뛰어내린 오동꽃이여!

꽃은 졌으나
짓밟지만 않으면
땅 위에서도
그 우아한 품위를
잃지 않으련만

밟히고 쓸려간다는 게
우리들 삶의 마감이고
종결일 수도 있지만

늙어 조용히 은거하는 어느 예인처럼
언제나 한구석 사무침 돋아 있다

오동꽃 소묘 2

대여섯 살 적
외갓집 삼십리 길 걷고 걸어
매네재 넘을 때면
고갯마루 쇠딩이묘
상석 언저리 벌개서 더럭
늑대보다 더 무서웠어요

오동꽃 곱게 피는 화산리
바로 코 앞 빤하지만
쪼옥 곧은 신작로 길은
토닥토닥 멀기만 했어요

외할메 하얀머리
좋아라 노루처럼 뛰놀다가
골목어귀 아름드리 오동나무에
쿵덕 엉덩방아 찧으면
줄레줄레 오동꽃 떨어집니다

참새들 날아들어
마당가 꽃잎들과 한바탕
어우러지고

비뚜름히 담벼락에 기댄 사립
졸고 있었습니다

오동꽃 소묘 3

오동꽃 필 때면 배가 고팠지요
엄마 혼자 외가에 가버리면
대희누부 손잡고 해거름 때까지
눈이 빠지도록
엄마만 기다렸어요

와룡산에
연둣빛 햇살 이윽하면
허리띠 꼬옥 동여매고
외갓집 품팔이
다녀오시는 엄마야

망아지처럼 길길이 뛰며
한달음에 지당뚝까지 달려 나가
덥썩 안기면
포근한 엄마 가슴에선
향긋한 오동꽃 내음 풍겼어요

목이 부러지도록 이고 온
큼직한 보따리 속에는
보리쌀 좁쌀 개떡이랑

먹을 것들로 지천
들먹이며 신바람 났던
그리운 오동꽃 추억입니다

무덤 풍정(風情)

'어무이요 지 왔심더'
'막내이 샘이 왔심더'

일찍이 홀로 되신 긴긴 나날들
몇 성상인지 보릿고개 견디시며
어린것들 굶기지 않고
먹이고 닦아주시던 어무이요

울 어무이 무덤가에
개망초꽃 듬성하여
이리저리 몇 포기 뽑고
상석(床石) 언저리도 어루만져봅니다

초여름 햇볕 쨍쨍 따갑더니
어느새 와룡산 솔바람 일고
산새소리 멀어진 후 평화로운 정적이
무덤가에 깃들었어요

솔그늘에 가만히 앉아
이런 풍정 바라보면서
어무이 계신 생의 저 너머에도

무언가 괜찮은 게 있을 거라
생각해봅니다

감성도미

건장한 감성돔 한 마리가
비명 한마디 없이
무척 대범하다
이제 곧 시퍼런 칼날 받을 터인데도
죽음의 공포 같은 거
조금도 느끼지 않는군 그래

다만 낚싯줄과 팽팽히 맞서다
이끌려 오르던
절박했던 순간만을 기억할 뿐
이제 무엇을 끌어안고
무엇을 버리겠는가

아직 넓은 바다가 담겨 있는
동그란 네 눈 속에는

네 눈 속엔…

폭설 1

큰 눈이 내렸습니다
대관령에는
버스와 승용차들이 움쩍도 못하고
전국 곳곳에
비닐하우스 수백 동이
처참하게 무너져 내린 걸
드라마처럼 보여줍니다

눈은 쉬임없이 펑펑 쏟아져
고달픈 우리네 삶을
묵직하게 내리누르는데
나는 구들막에 퍼질러앉아
물끄러미 남의 일처럼
바라보기만 합니다

산과 개울

—이광춘·정옥숙의 혼례를 축하하며

산에는 개울이 흘러
개울마저 산이 되었네

산은
봄 여름 가을 겨울
철 따라 고운 옷 갈아입고
꿈결처럼 비를 맞으며
사색에 잠기었네

사랑의 빗물이 흥건히 스미는
애틋한 연가(戀歌)여!
우리는 어느새 산이 되어
구불구불 개울로 흘러가리

무화과

부끄런 마음으로
울타리 넘보며
무화과 익네

단 한번만이라도
장미꽃 닮아보려 무던히도 애를 쓰는
저 애틋함

너부룩한 잎새들은
모른 척 묵묵부답
애띤 무화과들은
속울음만 삼킨다네

춘삼월 산

미처 녹아내리지 못한
얼음 덩어리들
흰 구렁이처럼
시음달 계곡 칭칭 감고
끙끙대며 용을 쓰는데
겨우내 지친 산은
꼬쟁이 떠억 벌리고
퍼질러 앉아
오줌을 싸 제낀다

보거라
시원한 방뇨
콸 콸 콸…

어이 시언타!
어이 시언타!

어느 간판 이야기

내당동 반고개 옛길
자투리로 남아
문자 그대로 먹자골목인데
조그만 음식점 간판 하나
비스듬하구나!

'순 두 부'
'해 장 국'
'비 빔 밥'
'된 장 찌 개'

붉은 글씨 희덕스그리해도
침 넘어간다

벌써 오래된 이야기던가
정릉 골짝 무허가 집에
박지수 시인 은거할 때
함께 미아리 기름시장 찾아들면
침 한 사발 꿀떡 삼키던
간판, 오늘따라 생각난다

'왕 대 포 집'

술꾼들 발길에
팔랑팔랑, 광목천 흔들거렸지만
우리네 살이 너무 고달파
기염을 토하며 왕대포 들이붓던
아슴한 추억 한 자락

사량도에서

삼천포 떠난 여객선
한 시간 남짓 물결 헤치고
뿌웅 뿌우웅…
그림 같은 사량도 대항포구
한 배 부려놓으니
왁자지껄 시끄럽다

아찔아찔 기암절벽
기는 듯 걷는 듯 조심조심
이따금 뱃고동소리
아득히 들려오고

바다란 바다
한꺼번에 다 껴안고
용사지란 바다의 망루답게
꺼꿀진 이름
한려의 지리산이다

달빛여행

바다거북은
유유히 달빛여행을 한다
태어난 모래언덕을 찾아
알을 낳고는 기진맥진
다시 대양으로 돌아간다

어미를 쏙 빼어닮은 새끼들이
모래를 뚫고 나와
무엇에 홀린 것처럼
어미가 하던 대로
달빛여행 떠난다

그렇다네, 우리네 삶도
늘 이와 비슷하여
먼 길 떠나는 거북새끼들을
안쓰러워하는 것이라네

동지팥죽

용띠해 동지는
애기동지라
두 며느리 함께
동지팥죽 쑤어
아들 손자 둘러앉아
새알수제비 헤며
한 살 더 먹네

영감 곶감 아등바등
세상 살다 나이 먹고
어영부영 욕도 먹고

매천선생 (梅泉先生)

혼탁한 시대에도
확고한 신념을 새긴
선비들이 있었습니다

한말(韓末)의 고결한 선비들인
황현(黃玹) 이건창(李建昌) 김택영(金澤榮)은
당대의 삼대시인(三大詩人)이라 부를 만합니다

확고한 신념을 갖는다는 것은
분명 미덕입니다
시류를 쫓는 것보다
일관된 입장을 지키는 것이
얼마나 어려운 선택인지를
감히 말하기조차 어렵습니다

벼슬살이도 하지 않고
유수(流水)같이 살던 매천(梅泉)이
나라가 망했다는 소식에
목숨을 끊으면서
절명시(絶命詩) 한 구절 남겼습니다

'식자(識者) 노릇하기 참 어렵구나'

눈 내리는 날

내 아주 어릴 적
눈이 펄펄 내릴 때
나는 좋아라 뛰어다니며
삽살이랑 뒹굴며 노는데
양식 걱정 땔감 걱정하시던
어무이 생각납니다

말려둔 장콩이파리 팥이파리
푹 삶아 무치고
저녁죽 끓일 적에
어린 눈에도
수북수북 쌓이는 하얀 눈이
쌀가리그트마 참 좋겠다고
우쭐할 때
울 어무이 하시던 말씀
새록새록 되살아납니다

'이 눈이 쌀가리라 카마
을매나 좋겠노
떡도 해 묵고
술도 담가 묵구로'

유랑(流浪)의 꿈

만신창이(滿身瘡痍) 인생유전(人生流轉) 뒤에도
언제나 설레는 마음으로
미지의 세상을 향한
모험과
서러운 유랑의 꿈을 꾸고 있네

엊그제만 같은 지난 세월
팔뚝 그득 피 끓이던 약관호시절(弱冠好時節),
홀어무이 남겨두고
머언 유랑길 훌쩍
떠나려한 적 있었지

이역만리 풍광 속을
헤매이다가 들소 떼 따라
이끼 낀 바윗등을
낑낑 넘어도 보고

무엇엔가 홀린 듯
낯선 길 끝없이 걷고만 싶은
야릇한 그 충동을
아직도 아름 가득 품고 있네

■발문

우리 삶의 한복판에서
사무쳐 부르는 노래

이하석 시인

　류근삼 선생과 만난 지 햇수로 꼽아 봐도 꽤 된다. 〈대구·경북 민족문학회〉 결성 때부터 함께 어울렸다. 그 모임은 지금의 〈민족문학작가회의 대구지회〉의 전신이 된다. 그러니 줄잡아 십여 년을 문학이라는 울타리 안에서 함께 정을 나눈 셈이다. 류 선생은 늦깎이로 문단에 얼굴을 내민 탓도 있지만, 통일운동에 평생 헌신해오면서 체득한 독특한 기운이 몸에서 자연스럽게 배어 나와 여느 문인들과는 다른 분위기를 풍겨서 모임 자리에서의 그의 모습은 좀 색다른 느낌을 주곤 한다. 그래도 그는 개의치 않는다. 그의 대범함이 그런 느낌 따위에 얽매이지 않기 때문이다. 그리고 그런 그의 모습이 오히려 우리 모임을 활기 있게 만들고 풋풋하게 만들고 있다는 생각을 나는 늘 한다.

　그는 회갑을 넘긴 나이에도 불구하고 젊다. 생각이 젊고, 자유분방한 사고는 폭이 넓으며 역동적이다. 모임 때마다 우리 회원들 가운데서 그가 가장 젊은 사람 같이 느껴진다. 젊은 남자 시인들에게서는 '형' 같다는 말을, 여성 시인들로부터는 '오빠' 같다는 말을 곧잘 듣는다.

해마다 하는 4·19 기념 등반의 한 때를 기억한다. 그의 푸짐하고 걸쭉한 입담이 산 아래서 산 위로 오르면서 조금도 기세가 죽지 않아 연신 배를 잡고 웃어야 했다. 진달래가 흐드러지게 핀 능선을 오르거나 꽃그늘에서 쉴 때에도 그의 입담은 그칠 줄을 몰랐다. 통일운동하는 분이라 과격하고 엄숙할 것이라 지레짐작하는 이들의 생각을 여지없이 부셔놓는 파격의 몸짓과 거침없는 말씨, 어느 한 곳에 구애됨이 없는 그야말로 '만주벌 같은 광활한 자기 펼침'의 모습을 시종 보여주는 것이었다. 나는 구석에 앉아서 그의 얘기에 웃음을 터트리면서 저 거침없는 장중한 기세가 어디서 샘 솟아나는지 궁금해 하곤 했다. 그러면서도 우리 모두는 어느 틈에 그의 기세와 말놀림 속에 '통일' 되어 있음을 느끼는 것이니, 대단하지 않은가. 그런 모습은 여느 모임 때나 하다못해 노래방 같은 회식 자리에서도 바뀌지 않는다.

그렇다고 해서 그의 말이나 행동이 '뼈대'를 구부리거나 본분을 잃는 일은 없으니 신기하다. 문중 일에 열심이고, 뼈대 있는 집안 특유의 양반 기질을 드러내면서도 그런데 구애받지 않고 자기를 활짝 연다. 그러면서 언제나 중심이 잡힌 모습을 결코 흩뜨리지 않는

다. 대범하게 모든 걸 받아들이면서도 언제나 단도직
입적으로 잘잘못을 지적하는 것도 주저하지 않는다.
꾀죄죄하게 놀지 말고 화끈하라는 식으로 그는 늘 젊
은 문인들을 향해 질타한다.
  그렇다. 그는 화끈한 사람이다. 그는 구석에 숨어서
놀고 살아가는 사람이 결코 아니다. 그는 언제나 우리
삶의 중심에 서서 큰 소리로 얘기하려 한다. 노는 것
도 안방놀이가 아니라 마당놀이가 그에겐 적성에 맞
는 듯하고 그렇게 논다. 이번 시집에도 그런 그의 모
습이 그대로 드러난다. 그 중에는 이런 시도 있다.

백록담 낭자석
외로워라 오돌돌기
고이 품고 온
장군봉 천지도령과
혼례 올린다

지홍(智泓)선생 주례 서시고
경전(耕田)선생 축사하시고
함께 자리한 지인들
박수갈채다

백두와 한라는

본디 한 몸이므로

　　―「즐거운 혼례식」 전문

　지난 해인가 류 선생에게서 이와 관련된 돌 이야기를 들은 적이 있다. 8·15 남북한 민족통일대축전 행사 참가차 북한에 들어갔을 때 백두산 장군봉에 올라 자그만 돌을 기념으로 가져왔는데, 그 돌과 몇 년 전 한라산 백록담에서 주워온 돌을 혼인시키는 일을 한 판 벌이려 하고 있다는 것과 그 혼례식의 주례를 내게 부탁할지도 모르겠다는 말을 했던 것이다. 나는 그런가 보다 그것 참 재미있는 일이라 여기면서도 주례를 별로 맡아본 경험이 없어서 주례를 맡기면 어쩌나하고 은근히 걱정하고 있었는데, 청첩장도 보내지 않고 지인들 몇 사람이 모여서 덜컥 결혼식을 올린 모양이다. 주변의 인척은 물론 문인들에게까지 널리 청첩장을 보내 성대하게 치르지 않고 조촐하게 치러진 그 결혼식이 그래도 격식을 따져가면서 치러진 것을 이 시를 통해 알 수 있다. 그 자리에서 혼주로 자리한 류 선생이 얼마나 감격해하고 그 기세로 얼마나 거나한 언설이 쏟아졌을지는 안 가보아도 짐작이 가고도 남는다.

　이런 일이 바로 류 선생의 놀이인 셈이다. 우리 같은 샌님들이 노는 것과는 질이 다르지 않은가. 놀이라지만 그 이면을 들여다보면 그게 얼마나 심각한 행위인지, 또는 절실한 퍼포먼스인지 짐작이 간다. 분단의 아픔을 그렇게 해서라도 풀어보려는 심사는 또 얼마나 눈물겨운 일인가. 언제나 그렇게 노는 분이 바로 류 선생이다.

　다시 말하지만, 그가 있는 곳은 언제나 우리 삶의 중심이며 마당이다. 그가 시를 쓰는 것도 그가 지금까지 일관해서 해온 통일운동의 곁가지이며 그런 만큼 자신의 생각에서 한 번도 일탈해서 '딴짓'을 하지 않는다는 것을 보여주는 것이기도 하다.

　통일운동이란 무엇인가? 우리의 삶이 분단된 현실 속의 반편이의 삶이며 그러므로 이쪽과 저쪽을 끊임없이 의식하고 오가면서 이를 합치려고 노력하는 행위이다. 그러기 위해서는 우리 삶의 안을 언제나 꼼꼼히 살피고 아울러 우리를 둘러싼 외세의 기운을 언제나 철저하게 가늠하는 긴장이 필요하다. 이는 투철한 민족의식을 갖고 모순된 현실의 문제 속에서 서 있지 않으면 할 수 없는 일이다. 그가 '시를 쓰는 것은 곧 우리 삶의 중심에 서서 말하는 것'이란 신념을 갖는 것은 이로써 당연히 이해된다.

이번 시집을 보면 2000년대에 진입하는 시기의 우리 삶의 모습들이 바로 드러난다. 최근의 미군 장갑차에 희생된 어린 소녀의 문제를 비롯하여 금강산 관광, 이산가족 상봉, 통일 축구, 노근리 학살 현장, 북한 인상기를 물론 미국 내 테러사건, 농산물 개방에 따른 농촌 현장, 매향리 미군 훈련장 등 지난 몇 년 동안 이슈가 되거나 관심을 끌었던 문제점 및 그 현장들이 망라되어 있다. 한 마디로 말해 분단 현실의 여러 조각들로 점철되어 있다. 이러한 현상들은 분단 상황에서 어차피 한 쪽에 설 수밖에 없다는 자기 한계의 인식이며, 그 한계를 넘어서려는 의지를 지님으로써 오히려 외곬시되고 편향시되는 모순의 몸짓이라는 점에서 갈등을 불러일으키기도 한다. 그 갈등구조 현장이야말로 바로 우리 시대의 담론 중심이며 마당이다. 거기서 그는 서 있으려 하고 말하려 한다. 무엇보다 애매하고 모순된 현실 속에서 그가 시를 통해 전달하려는 것은 정확한 메시지이다. 「즐거운 혼례식」에서도 드러나지만, 그는 말을 빙 둘러서 할 줄 모른다. 아니 우회해서 말하려 하지 않는다. '백두와 한라는 본디 한 몸'이라는 누구나 알고 있고 절실한 주제를 곧바로 우리 현실

의 기치로 들어올린다. 이러한 올곧은 삶에의 헌신 자
세에서 우러나오는 명확한 주제의식으로 그는 우리
주변의 모든 것을 고이 품고 있다. 품고 있을 뿐만 아
니라 그것을 실천한다.

혼탁한 시대에도
확고한 신념을 새긴
선비들이 있었습니다

한말(韓末)의 고결한 선비들인
황현(黃玹) 이건창(李建昌) 김택영(金澤榮)은
당대의 삼대시인(三大詩人)이라 부를 만합니다

확고한 신념을 갖는다는 것은
분명 미덕입니다
시류를 쫓는 것보다
일관된 입장을 지키는 것이
얼마나 어려운 선택인지를
감히 말하기조차 어렵습니다

벼슬살이도 하지 않고

유수(流水)같이 살던 매천(梅泉)이

나라가 망했다는 소식에

목숨을 끊으면서

절명시(絶命詩) 한 구절 남겼습니다

'식자(識者) 노릇하기 참 어렵구나'

—「매천선생(梅泉先生)」 전문

이 시는 그의 올곧은 삶에의 헌신으로 내세워지는 주제의식이 기대고 있는 기둥이 당대의 삶을 타협없이 곧게 살았던 과거 우리의 선비들임을 보여준다. 그리하여 이 '혼탁한 시대'에도 '확고한 신념'을 새기는 것이 바로 식자의 태도라는 인식을 일체의 수식이 없이 곧바로 드러냄으로써 읽는 이로 하여금 그 사실을 여과 없이 받아들이게 강요한다. 그가 올곧게 여기는 삶의 태도는 시류를 좇아가는 것이 아니라 '일관된 입장을 지키는' 삶이며, 나라와 민생을 위한 대의를 세워 실천하는 태도이다. 그가 시를 발표하는 것은 이를 시를 통해 누누이 강조하려는 것일 터이다. 그것은 그러나 끊임없는 자기갱신 없이는 이룰 수 없는 참으로 어렵고 어려운 일이다. 종국에는 목숨을 끊는 일마저

삶에 대한 메시지로 남기는 무서운 일이기도 한 것이
다. 기실 그렇기 때문에 그는 그것을 참으로 장부가
할 만한 일이라고 여긴다. 그렇게 여길 뿐만 아니라
실천한다.

　두류공원 도서관 앞에
　키 큰 오동나무
　아침마다 훌훌 오동꽃 흘린다
　청소아주머니는 쓰레기처럼
　오동꽃을 말끔히 쓸고 있다

　보랏빛 초롱으로
　가지마다 향기롭다가
　언뜻 뜻을 세우고는
　여한 없이 용감하게
　성큼 뛰어내린 오동꽃이여 !

　꽃은 졌으나
　짓밟지만 않으면
　땅 위에서도
　그 우아한 품위를

잃지 않으련만

밟히고 쓸려간다는 게
우리들 삶의 마감이고
종결일 수도 있지만
늙어 조용히 은거하는 어느 예인처럼
언제나 한 구석 사무침 돋아 있다
—「오동꽃 소묘 1」 전문

앞의 시에서 황매천이 제 스스로 목숨을 끊는 것도
올곧게 사는 법의 하나로 찬탄됐지만, 이 시는 그런 생
각을 보다 유연하게 자연물에 의탁하여 드러내는 여유
가 느껴지는 아름다운 시이다. 그의 시에서는 드물게
자연물을 매개로 하여 우회적으로 심사를 되새기는 시
의 하나로 꼽힐 수 있겠는데 그럼에도 불구하고 명확
한 주제의식을 드러내는 태도는 변하지 않는다.
　삶은 무엇보다 뜻을 세우는 것이 중요함을 강조하고
그 뜻을 지켜나가는 것이 얼마나 아름다운 행위인가
를 서정적으로 펼쳐 보인다. 삶이 부박한 현실 속에서
부대끼는 일이며 끊임없이 '밟히고 쓸려나가는' 것에
불과할 지라도 뜻한 바대로 살아가려는 노력을 놓지

않는다면 비록 그 생이 마감된다 하더라도 아름다운 것이다. 늙어서 제 몸 가누기도 어려운 지경에서 조용히 은거할 지언정 그 마음 속에는 '언제나 한 구석 사무침'이 돋아 있다.

'사무침'이란 무엇일까? 사전식 해석대로라면 '…에 깊이 스며들거나 멀리까지 미치는 것'이다. 말하자면 그게 바로 뜻을 뼈마디 깊숙이까지 단단히 새기고, 그 뜻을 따라 가는 데까지 가보는 것이 아니겠는가. 이 시의 끝 구절을 읽을 때 그런 사무친 마음이 없이는 어떻게 통일운동을 하겠는가라는 그의 우렁우렁한 목소리가 들리는 듯하다. 그런 질타의 소리로 나는 절실한 그의 소리를 몇 번이나 다시 읽는다.

저어기 빛나는 바다가 보이네
여기 초록내음 물씬 나는 언덕이 있네
물길 풍성한 들녘에
우리들 함께 가꾸어놓은
산해진미 일렁이네
우릉 우릉 우당탕…
늘 그래왔듯이 하늘 부서지는 소리
우라질놈의 미군 전투기 소리

우리 어메 들일하다 엎디어도
가슴 벌떡 귀 멍멍하다네

타타탕 타타르르…
썩을 놈들의 기관총 소리
바다가 빙빙 돈다 집이 흔들린다
서러운 날들 너무 오래 되었다

이젠 거두어라 매향리 어깨 겯고
모두 함께 들썩인다네
가마솥처럼 뜨거운 매향리
바야흐로 우리가 여름 지켜내었다.
　　—「매향리 여름을 지키다」 전문

　그렇다. 류근삼 선생은 우리 강토를 온몸으로 지키
는 사람이다. '함께 가꾸어놓은' 땅을 함께 '어깨 겯
고' 함께 모두 들썩이며 지켜나가야 한다고 크게 호통
을 치며 팔을 걷어붙이고 앞서나가는 사람이다. 얼마
나 장한 일인가! 그의 시는 그 장한 일을 위한 소박하
지만, 꾸밈이 없어서 오히려 더 확실한 메시지이다.

삶의 시선 013

거미울 고개

초판인쇄 | 2003년 10월 22일
초판발행 | 2003년 10월 24일

지은이 | 류근삼
펴낸이 | 이인휘
펴낸곳 | 도서출판 삶이 보이는 창
등록번호 | 제18-48호
등록일자 | 1997년 12월 26일
배본 | 한국출판협동조합 02)716-5619

(152-850) 서울 구로구 구로6동 314-1 극동상가 412호
전화 | 02)868-3097   팩스 | 02)868-4578
홈페이지 | www.samchang.or.kr
E-mail | samchang@samchang.or.kr

값 5,000원

ISBN 89-90492-10-6